도둑 산길

도둑 산길

초판 1쇄   2010년 3월 2일
지은이   이성부
펴낸이   김영재
펴낸곳   책만드는집

주소   서울 마포구 합정동 428-49번지 4층 (121-887)
전화   3142-1585·6
팩스   336-8908
전자우편   chaekjip@chol.com
출판등록   1994년 1월 13일 제10-927호
ⓒ 이성부, 2010

ISBN 978-89-7944-327-1 (03810)

도둑 산길

이성부 ● 시집

책만드는집

| 차례 |

2부

3부

4부

5부

1부

안 가본 산

내 책장에 꽂혀진 아직 안 읽은 책들을
한 권씩 뽑아 천천히 읽어가듯이
안 가본 산을 물어물어 찾아가 오르는 것은
어디 놀라운 풍경이 있는가 보고 싶어서가 아니라
어떤 아름다운 계곡을 따라 마냥 흘러가고픈 마음 때문이
아니라
산길에 무리 지어 핀 작은 꽃들 행여 다칠까 봐
이리저리 발을 옮겨 딛는 조심스러운 행복을 위해서가 아니라
시누대 갈참나무 솔가지 흔드는 산바람 소리 또는
그 어떤 향기로운 내음에
내가 문득 새롭게 눈뜨기를 바라서가 아니라
성깔을 지닌 어떤 바위벼랑 하고 싶어서가 아니라
새삼 높은 데서 먼 산줄기 포개져 일렁이는 것을 보며
세상을 다시 보듬고 싶어서가 아니라

아직 한 번도 만져본 적 없는 사랑의 속살을 찾아서
거기 가지런히 꽂혀진 안 읽은 책들을 차분하게 펼치듯
이렇게 낯선 적요 속으로 들어가 안기는 일이
나에게는 가슴 설레는 공부가 되기 때문이다

백비 白碑

감악산 정수리에 서 있는 글자가 없는 비석 하나
아무것도 말하지 않았지만
너무 크고 많은 생 담고 있는 나머지
점 하나 획 한 줄도 새길 수 없었던 것은 아닌지
차마 할 수 없었던 말씀을 지녀
입 다물고 있는 것은 아닌지
그것도 아니라면 세상일 다 부질없으므로
무량무위를 말하는 것은 아닌지
저리 덤덤하게 태연할 수 있다는 것을
저렇게 밋밋하게 그냥 설 수밖에 없다는 것을
나도 뒤늦게 알아차렸습니다

산길

모든 산길은 조금씩 위를 향해 흘러간다
올라갈수록 무게를 더하면서 느리게 흘러간다
그 사람이 잠 못 이루던 소외의 몸부림 속으로
그 사람의 생애가 파인 주름살 속으로
자꾸 제 몸을 비틀면서 흘러간다
칠 부 능선쯤에서는 다른 길을 보태 하나가 되고
하나로 흐르다가는 또 다른 길을 보태 오르다가
된비알을 만나 저도 숨이 가쁘다
사는 일이 케이블카를 타고 오르는 일 아니라
지름길 따로 있어 나를 혼자 웃게 하는 일 아니라
그저 이렇게 돌거나 휘거나 되풀이하며
위로 흐르는 것임을 길이 가르친다
이것이 굽이마다 나를 돌아보며 가는 나의 알맞은 발걸음
이다
그 사람의 무거운 그늘이
죽음을 결행하듯 하나씩 벗겨지는 것을 보면서
산길은 볕을 받아 환하게 흘러간다

어느 사이 속보速步가 되어

걷는 것이 나에게는 사랑 찾아가는 일이다
길에서 슬픔 다독여 잠들게 하는 법을 배우고
걸어가면서 내 그리움에 날개 다는 일이 익숙해졌다
숲에서는 나도 키가 커져 하늘 가까이 팔을 뻗고
산봉우리에서는 이상하게도 내가 낮아져서
자꾸 아래를 내려다보거나 멀리로만 눈이 간다
저어 언저리 어디쯤에 내 사랑 누워 있는 것인지
아니면 꽃망울 터뜨리며 웃고 있는지
그것도 아니라면 다소곳이 앉아 나를 기다릴 것만 같아
그를 찾아 산을 내려가고 또 올라가고
이렇게 울퉁불퉁한 길을 혼자 걸어가는 것이
나에게는 가슴 벅찬 기쁨으로 솟구치지 않느냐
먼 곳을 향해 떼어놓는 발걸음마다
나는 찾아가야 할 곳이 있어 내가 항상 바쁘다
갈수록 내 등짐도 가볍게 비워져서
어느 사이에 발걸음 속도가 붙었구나!

깔딱고개

내 몸의 무거움을 비로소 알게 하는 길입니다
서둘지 말고 천천히 느리게 올라오라고
산이 나를 내려다보며 말합니다 우리가 사는 동안
이리 고되고 숨 가쁜 것 피해 갈 수는 없으므로
이것들을 다독거려 보듬고 가야 한다고 생각하면서
나무둥치를 붙잡고 잠시 멈추어 섭니다
내가 올라왔던 길 되돌아보니
눈부시게 아름다워 나는 그만 어지럽습니다
이 고비를 넘기면 산길은 마침내 드러누워
나를 감싸 안을 것이니 내가 지금 길에 얽매이지 않고
길을 거느리거나 다스려서 올라가야 합니다
곧추선 길을 마음으로 눌러앉혀 어루만지듯이
고달팠던 나날들 오랜 세월 지나고 나면 모두 아름다워
그리움으로 간절하듯이
천천히 느리게 가비얍게
자주 멈춰 서서 숨 고른 다음 올라갑니다
내가 살아왔던 길 그때마다 환히 내려다보여
나의 무거움도 조금씩 덜어지는 것을 느낍니다
편안합니다

뿌리

산길에 드러난 나무뿌리들이 등을 보이고 누워 있네
이것들을 자꾸 사람이 밟고 가네
어떤 것은 닳아서 번들거리기도 하고
어떤 것은 끊겨져 눈물방울 떨어뜨리네
상처를 감출 수 없는 사람들이 평생 그렇게
감내하며 살다 가는 것을 나도 보았네
이마에 주홍글씨를 문신으로 새긴 채
뼈만 앙상하게 남은 사람이
뭐라고 자꾸 헛소리를 하고 팔 휘저으며 걸어가네
세상에 들켜버린 영혼들
이리 차이고 저리 차여
더 질긴 목숨으로 저를 지탱하며 가네
아프다 아프다 비명도 지르지 못하는 생을 보겠네
위를 쳐다보니 초록 잎사귀들 가득 매단 채
살아 있네 말도 없이
부끄러움도 없이 흰 구름에게 손짓을 하네

너덜겅 내려가며

완강한 것들은 언젠가는 제풀에 무너지기 마련이지
무너져서 이렇게 너덜겅을 만들지
푸나무 한 그루 자라지 못하는 돌무더기 길 내려가면서
쓸모없이 널브러진 욕망들의 단단한 부스러기
아가리 다물지 못하는 세상의 굳은 입들을 본다
무너져 버린 다음에도 저어 아래쪽에서
또 쌓아 솟구치려는 어둠의 덩어리들 내 어리석은 얼굴을
본다
한때는 앞서서 씩씩하게 나아가던 발걸음이
어느 사이에 맨 뒤로 처져 끌려가는 몰골이 되었다
세계는 나를 거들떠보지도 말을 걸지도 않았다
나를 위해 꽃 피우는 것은 봄에도 아무것 하나 없다
따슨 햇살도 가뭄 끝 단비도 시원한 바람도
애써 나를 비켜 가며 쏟아지거나 줄행랑을 친다
그대 그 고운 얼굴 알게 모르게 주름살이 파이더니
이리 팍팍한 세월로 사그라들어 고요하구나
돌무더기 너머 피어난 철쭉 꽃밭 서럽게 아름다워
그대 힘차게 보였으나 속으로 연약했던 한 생애
살고 사라지는 일 순식간이 아니냐!

오늘도 걷는다마는

많이도 왔다 조항산 정수리에서 돌아보니
내가 오르내린 산들 너무 많아 슬프다
걸어온 길 다 무엇인가 느리게 간 한나절
또는 짧게 가버린 시간들 다 무엇인가
가야 할 먼 산 먼 길 바라보니
너무 많아 슬프기는 매한가지
눈시울부터 힘이 돋아 발걸음을 재촉한다
내 발길이 가다가다 머무는 곳은
새로운 것들이 나를 찾아와 펼쳐 보이는 세상
그때마다 눈부셔 나를 놀라게 하는 세상
아직 나타나지 않은 풍경을 찾아서
슬픔을 따라가는 내 발걸음이 이리 가볍구나
새로운 길이 나도 모르게 나를 지나쳐서
내 과거 속으로 멀리 달아나는 것을 본다

어느 만큼

딴생각을 품고 싶어 집을 나선다
산길 걷다 보면 모든 생각들 허물어지고
다만 보이는 것들만이 하나씩 둘씩
내 안에 쌓여져 나를 두껍게 만든다
나는 어느덧 넉넉해지고 자유로워져서
사람이 살고 있는 마을을 자동차 길을
쫓기듯 허덕이듯 구물구물 모여 있을
저 아래 멀찌감치 내려다본다
이마의 땀 닦고 담배 한 대 피워내고
다시 또 걷는 일에 파묻힌다
느릿느릿 또는 바쁘게 부지런하게 또는
어느 만큼 고요하게 또는

산 내음이 다르다

사람의 발자국이 덜 미친 내음새가
산에 들어가면서부터 나를 사로잡는다
낯선 그러나 오래전에 어디선가 한 번쯤은 만난 듯한
꽉 찬 고요 속으로 조심스럽게 나를 밀어 넣는다
무엇이 보일까 저 고개에 이르면 어떤 풍경이 나타날까
안 가본 산을 오르는 내 발걸음 가비얍게 달아올라
바위를 건너뛰고 풀섶을 헤쳐 나아간다
새로운 산 내음이 더욱 짙게 나를 따라온다
서울 가까운 산들과는 많이 달라서
코 흠흠거리며 이 정체가 무엇인지 살피기에 바쁘다
여린 찻잎 우려낸 뒷맛같이 향긋한
내가 엄니*의 자궁 속에서 배냇짓하며
저절로 익힌 내음일지도 몰라
아니면 더 먼 옛날 하내**의 하내들이
나뭇짐 지고 내려오면서 몸에 밴 삼베옷 내음일지도 몰라
오래됐으나 진부하지 않은 이 구수한 기운은
가슴 가득 깊이 담아두었다가
집에 돌아가 두고두고 다시 숨 쉬어볼 일이다

오르막길

이 오르막길은 위로 올라갈수록
내가 더 낮아진다는 것을 깨닫게 합니다
높은 산에 오르는 것이
하늘에 가까워지는 길이라고들 말합니다만
나에게는 오히려 속진 속에서
낮게 사는 길을 가르쳐줍니다
한없이 너그럽고 바쁘지 않고
오랜 기다림에도 참을성이 깊어져
늘 새로운 것들을 살피느라 고개만 숙여집니다
산길을 걸어 올라갈 적에는 행여
벌레 한 마리라도 밟을까 봐 조심스럽고
드러난 나무뿌리들도 피해 가느라
천천히 발걸음을 딛습니다
시멘트나 아스팔트 길에 갇혀졌던 내 발이
산에 들어와서는 어느 사이에
야성의 본디 모습을 되찾아 환합니다
땅기운이 그대로 내 발을 통해 머리끝까지 돌고
내 눈은 더욱 밝고 맑아져 유리알처럼
사물의 가려진 마음까지 들여다봅니다

숨 가쁘고 힘겨우면서도 지루하지 않고
주저앉아 버리고 싶다가도 기어이 발길을 옮기는
이 지속의 밑바탕에는
분명 다물* 시절이나 고구려 때의
먼 할아버지 적 끈질긴 핏줄 유전자가
나에게 지금도 흐르고 있는 것 같은 생각이 듭니다
한 방울 두 방울 모자챙에서 떨어지는
나의 맑은 땀방울이
작은 생명**으로 흙을 적십니다
사뭇 견디기 어려울 때에는
나무 몸통을 붙들고 잠시 쳐다보는 푸른 하늘
선 채로 숨을 가다듬어
가녀린 목숨들 바람에 흔들리는 것을 봅니다
더운 겉옷을 벗어 배낭에 쑤셔 넣고
다시 올라갈수록
생의 무게는 나를 눌러 더욱 힘들게 합니다만
이 길은 나 혼자서 가는 길이 아니라
낮게 사는 사람들의 모든 길임을 알게 합니다
나무꾼 장꾼 또는 쫓기거나 쫓던 사람들의 헉헉거리던 길

항상 아래를 향해 열리는 함박꽃 입술처럼
저어 낮은 곳 엎드려들 사는 곳에
어렵기는 합니다만
드높은 정신이 숨어 있는 것도 압니다

낯선 산과 어우르다

우리나라 어디든 낯선 곳에 가더라도
눈 들어 바라보면 어디서 본 듯한 산들이 있어
가슴 설레고 발걸음 항상 가볍습니다
처음 본 산들은 낯선 사람처럼 마음을 닫다가도
그 산에 들어가기만 하면
몇 마디 주고받는 말에 임의로워져서
곧 나와 한몸이 되어 어우르는 것을 알게 됩니다
높은 데서 내려다보면 풍경이 모두 잠자듯
널찍하게 그냥 엎드려 있는데
걸어가다 보면 하나씩 깨어나서 나를 반깁니다
괜스레 내 옷깃을 붙들기도 하고
내 발길 건드리거나 멈추게도 하므로
내 마음속 그리움마저 들킨 채 앗아가 버립니다
나는 내려갈수록 비우고 가벼워져서
조만간 무엇으로든 가득 채워질 것을 믿습니다

산 1

더 높이 오르려는 뜻은
맑게 눈 씻어
더 멀리를 바라보기 위함이다

멀리 첩첩 산 굽이에서라야
나는 내가 잘 보인다

산 2

설 자리를 잃어버린 사람들이
산을 찾아 들어간다

그 산에
너르고 착한 다른 세상 있구나

길 아닌 곳에 들다

수북이 잠자는 낙엽들 뒤흔들어
깨워놓고 가는 내 발걸음 송구스럽다
놀라지들 말거라
나도 이파리 하나
슬픔을 아는 미물일 따름이니

2부

바위 타기

인수봉 벼랑 끝 독야청청 서 있는 소나무 한 그루
망망대해에 뜬 조각배 하나
세상에 물들지 않은 그 어르신 꼿꼿함이
사나운 바람 맞아 쓰러질 듯 휘어지다가도
다시 바르게 서서 조심스럽게 몸을 추스릅니다

그분을 향해 한 발 한 발 다가가는 나의 길에도
어려움이 많으면 많을수록 내 마침내 올라서리라는 것을
나는 압니다 피 흘리던 상처가
덧나고 곪고 터지고 딱지가 앉은 다음에라야
내 정신의 살결 더욱 튼튼해진다는 것을 압니다

바위 틈새기에 가까스로 손가락이 걸치자
그분이 내 속내를 들여다보는 것 같아 두렵습니다
아직 나에게는 버려야 할 것들이 많이 남아 있어
버려도 또 버려도 무거운 몸을 느끼기 때문입니다
맑게 가볍게 부드러워지기 위해서는 다 털어버려야 합니다

마당바위

나는 바위이므로 할 말이 너무 많아 아예 입을 다물었다

벙어리의 길만 찾아 걷다가 여기까지 왔다

사람들의 속내를 다 보았으므로 눈 감고 귀 막아도

솔바람 소리에 얼핏 고개 돌리는 그대 모습 잘 보인다

높은 데서 하늘을 마주 보며 혼자 누워 있어도

저 아래쪽에서 올라오는 사람들이 나는 늘 마음에 걸린다

갑오년이던가 관군에 쫓기던 동학패가

산을 넘어 사라진 뒤

모두 잡혀 효수되었다는 소식을 소나기가 전해주었다

내 몸도 천둥처럼 찢어질 듯 떨었다

저녁 무렵 혼자 서서 지는 해 바라보던 혁명가도

소년 병사도 토벌대도 나무꾼도 경배자도

지금은 모두 사라져 산에 보태는 흙이 되었다

나는 밤새도록 검은 울음을 참느라 가슴에 큰 응어리가 생기고

굳어질 대로 굳어져서 단단한 살결로 남았다

예나 지금이나 사람 사는 일 험하고 어렵지만

사람들은 퍼질러 앉아 쉬거나 노닥거릴 때 있느니

누군가는 웃고 떠들고 누군가는 한숨짓고 누군가는

울음을 터뜨려도 내려가면 모두 언제 그랬냐 싶게
부지런히 살며 또 희망을 걸며
조금씩 조금씩 죽음을 향해 다가가는 것을 알겠다
나는 모두 알아버렸으므로 나는 바위이므로
사람들이 남긴 숨결로 언제나 나를 가득 채운다
나는 예민해져서 인기척에 자주 놀라지만
끝내 그대를 노려보거나 각을 세우지는 않는다

발

먼 데 보이는 산봉우리들 가물가물
언제쯤이나 가 닿을 수 있을까 아득했는데
걷다 보니 어느덧 그 봉우리에 올라섰다
사람의 발걸음이 이토록 빠르고 무섭구나 생각하면서
내가 왔던 길 되돌아보니 역시 멀고 가물가물
언제 저렇게도 많이 왔는지
내 생의 굽이굽이를 닮아 첩첩 산이로구나
내려가는 길에 만나는 물소리 문득 반가워
바위에 등산화 벗어놓고
열 오른 발 계곡물에 담근다 하얀 두 발이
고맙기도 하고 측은하기도 해서 쓰다듬어본다
나를 덤덤히 올려다보며 아무 말이 없다
내 몸의 가장 아래에 자리하여
오늘 하루 나를 걷게 하고
나를 먼 곳으로 옮겨 새로운 것들에 놀라게 하고
나를 지탱시켜 언제나 눈 바로 뜨게 하는 나의 발
비 맞으며 지리산을 종주했을 적에는
등산화에 고인 빗물 속에서
불어터지고도 다시 제자리로 돌아와 끄떡없었던 발

허리까지 빠지는 눈구덩이를 끝없이 헤쳐 오르면서도
동상을 이겨내고 제 살빛 되찾았던 발
내가 걷는 만큼 달리는 만큼 넘어져 피 흘리는 만큼
내 영혼의 깊이를 성숙시킨 발
뜨신 물이 귀했던 시절에는
돌아와 얼굴 손 씻은 물로 발을 씻고
수건 대신 걸레로 닦을 만큼 천대받았던 발
사랑에게로 가는 발길 어렵고 더디게 가고
사랑의 문 밖으로 돌아설 적에는 저도 서러워
차마 발길 떨어지지 못했던 나의 발
그러면서도 아무런 감정의 흔적을
도무지 보여주지 않는 나의 발
산을 내려와서 속진으로 들어가는 내 몸이
버스에 실려 서울로 가면서도
창밖으로 보이는 세상은 온통 먼 데 산들
그러므로 발은 나의 날개 나의 꿈이 아니냐

도둑 산길

신새벽 벼랑에 엉클어진 철조망을 딛고 넘어
칠팔 년 전 내려왔던 산길을 거슬러 올라간다
가지 말라는 길을 가는 것은 그때나 지금이나 심하게
가슴 두근거리고 불안하다 죄를 짓는 일이 이럴진대
오늘 하루 산행이 무사할지 제대로 될지
걱정이 슬그머니 배낭을 잡아 끌어 내린다
길은 풀섶에 가려져 끊어질 듯 희미하고
나뭇가지들이 제멋대로 뻗어나서
자꾸 앞을 가로막는다 사는 일도 이렇게
갈수록 거추장스러운 것들이 많아진다
잠시 멈춰 서서 뒤를 돌아본다
내가 훔친 산길이 고요하게 흔들거린다
길이 끝나는 데서 넓은 너덜겅이 가파르다
까마득한 비탈 바윗덩이들을 밟거나 기어오르거나
검게 아가리 벌린 구멍들을 피해 가거나 건너뛰거나
이리저리 방향을 바꾸면서 위로만 올라간다
전에 내려왔을 적에는 미처 몰랐는데
너덜 오름길이 이리 팍팍하다는 것 오늘 알겠구나
평생을 쌓아 올린 욕망이 무너져 내린다면

치솟은 꿈이 하루아침에 무너져 내린다면
이렇게 나뒹굴어 널브러지고 눈 부릅뜬 몰골이 될까
이 폐허로 무엇을 만들겠다고 저리 이빨들을 갈고 있을까
세찬 바람에 내 몸이 휘청거린다
여기서 자칫 떨어진다면 저 깊이 모를 어둠 속으로
내가 먹혀 들어가 사라질 것은 뻔한 일
부엉이바위에서 그가 역사 속으로 몸을 던져버린 일도
저 치욕의 끊임없는 광풍이 등 뒤에서 그를 자꾸
떠다밀었기 때문은 아니었을까
결단 다음의 짧은 허공에서 그는 눈을 감은 채
무엇을 보았을까 과연 세상은 아름다웠을까
아아 죽음의 한순간은 생각건대 순결한 것인데
나는 살겠다고 기를 쓰며 바위 모서리를 잡아당긴다
나는 아무래도 시정잡배들과 다를 것이 없나 보다
세계의 마음을 사로잡기는커녕
내 한 몸 추스르기에도 이리 쩔쩔매는구나
길을 찾아 다시 숲 속으로 접어든다
사람의 발자국이 얼마나 많이 쌓여져서
이 험한 곳에 이런 차분한 길이 되었을까

이렇게 몇 차례 너덜과 숲길을 오르내리다가
벼락 치듯 비명을 내지르며 달아나는 멧돼지 내외
땅을 흔드는 육중한 덩치의 저 민첩함
그를 따라 흩어지는 얼룩무늬 새끼들 예닐곱 마리
나도 놀라고 두려워서 조심스럽게 발걸음을 옮긴다
자연은 말 그대로 내버려 두어야 저절로 살아 커서
저희들끼리 살랑살랑 춤추며 노래한다
이것을 바라보며 사람들은 스스로가 행복하다고 느낀다
허나 행복을 바라는 사람의 욕심은 끝이 보이지 않아
사람의 뜻대로 개입하고 간섭하고 파괴하고
깊이 들어가 소리와 내음과 흔적을 퍼뜨리면서부터
녀석들은 집주인이 길손에게 쫓겨나듯 터전을 잃어버린다
나는 사람이 만든 죄에 부끄러운 것이 아니라
잠시나마 녀석들의 평화를 깨뜨렸다는 데서
이 자연에게 침입자가 됐다는 생각으로 송구스럽다
놀라 도망쳐 숨죽이고 있을 녀석들이 짠하다
발걸음 재촉하여 마지막 너덜에 이르렀다
누군가가 돌들을 쌓아 갈지자로 길을 만들어놓았다
고맙기도 하고 부질없기도 하다

문득 사람 낌새를 느끼며 위를 쳐다보니
시꺼먼 젊은 사내 하나 멈추어 서 있다
나를 내려다보며 인사를 한다 그도 혼자다
나 같은 녀석이 또 있구나 안심하고 몇 마디 말을 나누고
악수를 한 다음 헤어져 간다
오늘 하루 처음 만난 사람이
내가 왔던 길을 내려가며 사람 내음을 보탤 것이다
이제부터가 공룡능선*이다
금지된 산길 구간은 지났으니 붙잡힐 일은 없겠으나
내 마음은 여전히 내가 도둑놈이어서 맑지 못하다
다시 가슴 벌렁거린다
벌써 한나절이 지나갔다 아직 갈 길이 멀다
젖 먹던 힘까지 짜내어 쉬엄쉬엄
찰지게** 올라가야 한다

* 설악산 마등령에서 무너미고개 사이의 능선. 외설악과 내설악을 가르
는 경계선으로, 백두대간 마루금의 한 부분이다.
** '차지게'의 전라도 사투리.

태백산 고목 한 그루가 남긴 말

내 몸집은 크지만 속이 비어 항상 가볍다
저 많은 슬픔들 담아두기에는 나도 벅차다
세월에 지친 그늘 쌓이고 또 깊어져서
키가 커버린 내 그리움은 자꾸 먼 데를 본다
나는 내 죽음까지도 지켜보기 위해 천 년을 산다
비바람 눈보라 천둥 번개가 어떻게 나를 때리는지
햇볕과 안개와 구름이 어떻게 내 몸 어루만지며 가는지
어떻게 사상이 쫓기는 자와 쫓는 자를 만들어내는지
삶과 죽음을 어떻게 순식간에 바꾸어버리는지
나는 다만 내 살갗에 기록하고
사람들이 다 내려간 뒤의 적막함과
혼자 우는 울음과 피 말리는 두려움과 절망을
내 거죽에 써놓을 뿐이다
내 몸은 갈수록 질기고 단단해져서
살은 마르고 뼈마디만 굵어간다
어느 사이엔가 내 몸은 밑동부터 갈라져 나가
벌어진 틈으로 저 아랫녘 세상의 바람이 넘나들기도 한다
늘 혼자여서 쓸쓸한 영혼이 때로는 떠도는 영혼들을 불러
모아

사이좋게 또는 무겁게 가라앉아 도란거린다
기록이 많아져 큰 주름 잔주름이 자꾸 늘어가지만
우듬지에서는 촉각을 곤두세워 하늘의 말씀들에 귀 기울이고
뿌리는 깊게 뻗어 대지의 다스운 숨결 길어 올린다
큰 덩치가 비록 거칠고 엉성하지만
나는 죽어서도 꼿꼿하게 천 년을 살겠다

깨우치다

정상에서 찍은 사진 들여다볼 때마다
이 산에 오르면서 힘들었던 일 사진 밖에서도 찍혀
나는 흐뭇해진다 꽃미남처럼
사진 속의 나는 추위 떨면서도 당당한 듯 서 있는데
먼 데 산들도 하얗게 웅크리고들 있는데
시방 나는 왜 이리 게으르게 거들먹거리기만 하는가
눈보라 두 눈 때려 앞을 분간할 수 없고
세찬 바람에 자꾸 내 몸이 밀리는데
한 걸음 두 걸음 발 떼기가 어려워 잠시 주저앉았지
내 젊은 한 시절도 그런 바람에 떠밀린 적 있었지
밤새도록 노여움에 몸을 뒤치다가
책상다리 붙들고 어둠 건너 쪽 다른 세상만 노려보다가
저만치 달아나는 행복 한 줌 붙잡을 엄두도 내지 못했지
능선 반대편으로 내려서서 나도 몸을 피하면
언제 그랬냐 싶게 바람 잔 딴 세상
편안함에 나를 맡겨 제자리걸음만 하다가
가야 할 길이 많은데 마음만 바쁘다가
안 되겠다 싶어 다시 눈보라 속으로 나아갔지
어려움의 되풀이가 나에게 새로운 눈 뜨게 했음인가

봉우리에 올라가 되돌아보니
칼바람 속에서라야 내 살아 있음의 기특함이 잘 보이고
그것이 큰 재미라는 것을 알았다
나는 자꾸 사진 밖으로 펼쳐지는 풍경을 보면서
눈 많이 오는 날
이 산으로 다시 가야겠다고 마음먹는다

안 가본 산 찾아가다

-양평 중원산

어쩌다가 세상에서 설 자리를 잃은 사람이
새벽부터 올라와 이 바위 턱에 앉았다가
담배 한 대 태우며
솟는 일출로 마음 고쳐먹고 내려간 때문인가
산 내음에 외로움이 잔뜩 묻어 있다
지도 속에서 상상했던 밋밋한 산길이 아니라
정상에서 내려가는 길이 연이어 오르락내리락
모난 바윗길이어서 긴장을 늦추기 어렵다
어떤 사람은 항상 웃으며 부드럽게 살면서도
심지가 곧아 그 안이 온통 뜨겁고 단단한 바위와 같다
또 어떤 사람은 매사에 날카로운 성깔이어서
편하게 다가갈 수 없는 모습이지만
그 마음이 뜻밖에 비단결같이 여리기도 하다
겉 다르고 속 다른 것이 사람이라지만
안 가본 산을 찾아갈 때마다 산이 꼭 그러하다는 것을 느낀다
지도 속에서 또는 먼발치로 바라보면서
머리로 그려본 산의 속살은 언제나
그 산을 찾아 들어가면서부터
다른 것으로 가득 채워져 나를 배반하기 일쑤이다

상상은 무너지고 실재가 더 눈부시게 아름답다
외로움이 이리 맑고 착할 줄이야!

벼랑에서

잘 지냈는가 마음이 먼저 안부를 묻고
그대 몸 위아래 주변을 살핀다
물기 머금은 틈새가 햇볕에 반짝이는 것은
어젯밤 내린 소나기에 그대 놀라 눈을 떠서
아직도 먼 데 하늘 바라보고 있음인가
조심스럽게 그대 몸 어루만지며
그 안에 흐르는 피의 온도를 감지하는
내 손가락의 안간힘의 이 천의무봉이
안쓰럽다고 내려다보는 나의 영혼을 내가 느낀다
내 영혼이 이미 나에게서 빠져나가
저 위 벼랑 끝 한 그루 소나무로 서서
나를 굽어보는 일이 어제오늘 비롯된 것은 아니다
소나무 가지 흔들려 나를 손짓하지만
홈이나 돌기를 더듬어 찾는 내 몸에
아직 길은 나타나지 않는다
세상은 닳고 문드러져서 소멸을 예고하지만
나는 아직 태어나지 않는 생성 쪽으로 더 기울어진다
이 어려움이 다하는 곳에서야말로
나는 새로 허리를 펴고 푸른 하늘을 쳐다보리라

모든 생성은 그래서 눈부신 트임이리라
나의 몸이 나의 영혼과 외롭게 싸우는 동안
세계는 저만큼 비켜나서 따로 논다
비로소 나는 완전한 자유에 이르러
날개를 단다 솔 이파리 두어 개 뜯어
잘근잘근 씹어 삼킨다

몸

바위벼랑을 오르다가 잠시 망설일 때
내 몸이 어느 사이 나로부터 빠져나가
너울처럼 일렁이는 것을 내가 본다
몸은 바위에 저절로 밀착하거나 스치며 솟구친다
몸의 저 단호하면서도 뜨거운 리듬을
저 힘겨운 모세혈관의 안간힘을
부드러운 눈길로 내가 내려다본다
몸은 비로소 오체투지를 다양화시키면서
춤을 춘다 맑고 아름다운 자유의 춤을!

인수봉에서

나비 날개처럼 가비얍게
나에게서 빠져나간 나의 상상력이
암벽을 박차고 허공으로 날아
저 위 벼랑 끝에 사뿐히 내려앉는다
그러고선 물끄러미 나를 내려다본다
속내를 들킨 내가 쩔쩔맨다

대관령

안개 속으로 들어가는 내 발걸음이 조심스럽다
한 그루 미루나무가 어렴풋한 풍경으로 서서
걱정스레 나를 훔쳐보는 것 같다
아무렴 괜찮아라고 속으로 다짐하면서
나도 모르게 나의 미래가 조금씩 길을 여는 것 본다
아니 한 번도 내가 만난 적 없는 태고의 모습이
이런 것 아닌가 생각하면서 산다
아주 가까이에서만 빛이 터지므로
내 발걸음도 천천히 푸나무와 돌들을 살피며 간다
멀리 있을 첩첩 산줄기나 흰 구름 따위 보이지 않지만
멀리 있을 그것들이 어느 사이 내 몸속으로 들어와
나를 가득 채워 터질 듯 부풀게 하는 것을 알겠다
누군가 스쳐 갔을 대 이파리들이 자꾸
산길로 빠져나와 알은체하듯 손을 내민다
내가 보고 만지는 이 조그마한 것들이
이리 놀랍게도 나를 깨울 줄이야
맑은 날엔 미처 몰랐다 예전엔 그냥 지나쳐버렸던
사물이 시간이 작은 사연들이
안개 속에서라야 한 발자국씩 확실하게 다가온다

안 보이는 세계 속으로 들어가는 일이 환하다

장마 그친 뒤

흰 구름 한 자락이
산의 목덜미를 어루만진다

사뿐히 땅에 내려앉지도 못하고
하늘로 드높이 올라가지도 못하는
흰 구름 한 자락이

산비탈을 이리저리 훑으며
머뭇거린다

산은 골짜기에 깊게 성감대가 숨어 있어
꿈쩍도 하지 않고
꼿꼿이 고개를 세워 먼 곳만 바라본다

크고 작은 일에 부대끼다 상처받는 마음들도
한동안은 저렇게 맑은 산봉우리로
고개 쳐들 날 있느니

비로소 먼 데 빛나는 강줄기를 보고

희망의 굽이굽이에 서리는 입김도 피어올라
함박꽃 웃음 온 산에 가득하다

흰 구름 한 자락이
별 볼일 없다 고개를 넘어 사라진다

대관령 안개

무리를 잃어버린 짐승은 저 혼자서
끊임없이 저를 부서뜨려야 한다
무너지고 쓰러지고 피 흘리고 버둥거리다가
고요히 죽어간다 그 주검 위를 딛고
다른 외로운 것들이 간다
안개가 드넓게 피어올라
신도 제 몸을 숨겨 쉬고 있는지 몰라
안개 있어야 산이 살아간다
저를 눕혀 다음날의 싸움을 기다린다
바람도 사이를 두고 불어야 더 멀리 가고
안개도 드문드문 멈칫거려야 더 많은 입김을 풀어낸다
잠자는 산이 엎치락뒤치락하다가 잠을 깨고
나는 비로소 길을 찾아 주저앉는다
이번에는 내가 쉬어야 할 차례다
더 부서지기 전에 고요해지기 전에

청화산인*의 말씀을 빌려

풍광이 빼어난 산수는 가끔 찾아야지
거기 집을 지어 살아서는 못쓴다
며칠 만에 한 번씩 한나절쯤 걸어가서
세속을 벗어던지거나 한쪽으로 처박아놓거나
마음을 알몸인 채로 맑게 씻어 비운 다음
돌아와서는 단정히 앉아 책을 읽는다
산속에서 사는 일은 내 한 몸 숨어
비록 산을 닮아간다 하더라도
끄떡없이 세상을 굽어본다 하더라도
결국은 세상에 들켜 산을 시끄럽게 만드는 일
사람들의 발자국 멍으로 찍혀
그 자리에 속진을 옮겨놓는 일
안개와 구름으로 산도 제 몸을 가려
사람들이 보는 것조차 막아버린다

* 靑華山人 : 『택리지』의 저자 이중환(李重煥, 1690~?)의 호.

표지기* 흔들리는 것은
나를 유혹하는 몸짓이지만

미니미골** 고개에서 그만 내려가기로 한다
건너편 오름길에 표지기가 많이 살랑거리는 것 보인다
내 마음도 설레어 더 올라가자고 조른다
그러나 돌아서야 한다
몸이 고단해서가 아니라
단숨에 다 보아버리고자 하는 욕심 없어서가 아니라
며칠 후면 다시 새롭게 만날 터인즉
오늘은 이만치에서 물러나야 한다
이것이 산을 탐내지 않고 돌아앉는 미덕이다
산들은 춤을 추고 꿈틀거리고 치달리지만
더 따라가고 싶을 때 걸음 멈추는 것이
그 산을 마음에 더 많이 담아두는 일이다
마음속에서 안 가본 산이 익은 다음에라야
비로소 나는 그 산에 들어간다
방랑을 꿈꾸지만 결국은 집으로 돌아오듯이

* 산길에서 나뭇가지 등에 매달아놓은 리본.
** 삼도봉 지나 물한리계곡으로 떨어지는 골짜기.

건너 산이 더 높아 보인다

산봉우리에 올라가 바라볼 때마다
저 건너편 산봉우리가 더 높아 보인다
건너편 산봉우리에 올라가서
아까 올랐던 산봉우리 되돌아보면
이게 뭔가 그 봉우리가 역시 더 크고 높게 보인다
남의 떡이 더 크게 보인다는 뜻과는 다르지만
아무래도 내가 갈수록 더 낮아져서
자꾸 건너편이 높게 보이는가 보다
산에 다니면서부터 나는 나의 시가
낮은 목소리로 가라앉아 숨을 죽이거나
느리게 걸어가서도 결국은
쓸모없이 모두 사라지리라는 것을 알았다
키가 큰 욕망은 마침내 무너지고 널브러져서
부스러기가 된다는 것을 산이 가르쳤다
기를 쓰고 올라와서 본들
건너편 산이 항상 더 높이 보인다
이게 편안하다

거풍擧風

가시네 엉덩짝 같은 둥그스름한 반야봉이
온 산을 너그럽게 거느린 채 낮잠 한숨 자는 사이
나도 한없이 편안하고 푸근해져서
웃통 벗고 눈밭에 드러눕는다
시리게 푸른 하늘이 떼 지어 나를 내려다본다
부끄럽지 않은 척 볕을 쬐고
더 바랄 것 없는 나의 오늘을 그냥 내버려 두기로 한다
슬그머니 땀도 마르고 잘 익어
내 살결이 한결 고슬고슬해졌다

3부

옛것을 익히므로

여기저기 책들이 너무 많이 나뒹굴어
각자의 개성들로 백가쟁명이 지나쳐 어지러울 때
비슷한 것들끼리 대충 갈무리하여 입을 다물도록 한다
먼지 뒤집어쓴 옛 책들은 추진 걸레로 닦아내고
이것들 다시 꼼꼼히 살펴보아야겠다고 다짐하는데
옛것들을 익히므로 펼쳐지는 새 세상이 더욱 아름답게
다가오리라는 것을 짐작하며 가슴이 뛴다
요새 나온 책들은 되도록 멀찌감치 저희들끼리
놀도록 내버려 두고
누르스름한 옛 갱지 책 내음 맡아보며
돋보기를 찾는다

청화산에서도 오랜만에 다시 올라가서야
거기 펼쳐진 책을 읽었네
사람이 살 만한 곳 어디인지 알아차렸네

비로소 길이다

새것은 어느 사이 헌것이 되어버린다
슬그머니 바래지거나 꼴불견이 되거나
잠시 노망기를 보이다가는 이내 사라져버린다
소위 새로운 시라는 것도 흐지부지
안개 속에 황사 바람 속에 떠돌다가
다음 날 아침의 명징! 온 데 간 데가 없다
그러므로 이것은 소통이 아니다
나는 사십 년 전에 읽은 시가 지금 너무 새로워
몸이 떨린다 산에 들어가는 일이 날마다
새로운 것처럼 새로운 길은 다음 사람들이 그 길을
더 많이 다녀야 비로소 길이다
닳고 닳아도 사그라지는 법이 없다

귀가 밝아진다

길가로 열린 내 창에는
세상의 온갖 크고 작은 소리들이 자주 넘나든다
그 가운데에서도 조용하게 가만가만 들리는 소리들 예컨대
땡감나무 이파리들 살랑거리는 사이로
하늘과 햇살이 간신히 틈 비집어 들어오는 소리 들리고
한낮의 고요 속으로는
시간이 흐르다가 무담시 멈칫거리는 소리 들리고
땅거미 드리워지는 소리 들리고
놀이터에서 온종일 혼자 놀던 이웃집 아이 잠들어
키 크는 소리 들리고
밤이면 가등 불빛에 힘없이 귀가하는 가장들의 긴 그림자도
따라 한숨 쉬는 소리 들리고
산에 두고 온 내 발자국 지워지는 소리 들리고

높은 집들에 가린 내 창은
갈수록 눈 어두워지고 귀만 밝아진다

한강

나는 지금 너르고 깊은 심성이다
너무 고요해져서 나는 내가 두렵다
나는 나의 아래로 길을 찾아 느리게 흘러간다
세상의 저 많은 슬픔이나 상처들을 어루만지며
날마다 골고루 해가 비치듯이 날마다 밤마다
보이지 않는 힘에 떠밀려
속속들이 나를 씻으며 나아간다
나는 산에서 태어나 자라고 팔뚝이 굵어져서
이 골 물 저 골 물 보태 소를 만들어 머물거나
때로는 사나워져 선 채로 눈 부릅떠 달려 내려오기도 하고
한때는 젊은 혈기 추스르지 못해
곤두박질 떨어지는 폭포가 되어 요란스럽기도 했지만
강가에 나와 울음 우는 사연들
보듬고 다독거려 댐으로 가두어놓기도 했지만
바쁘게 가는 일도 다 부질없다고 생각하면
이토록 잠잠해지는 것을
어느덧 풍진에 부대끼며 돌고 돌아 나이가 들어
이리 낮은 데로 내려앉아 바라보고만 있느니
웬만한 풍경에는 쉽게 눈길이 머물지 않아

무덤덤하게 지나쳐버린 지 오래
어떤 새로운 것도 길을 벗어나지 못한다는 것을
깨우치고 터득한 지도 오래
길이 모든 발자국 지워버린 지도 오래
나는 바다에 이르러 더 큰 세상에 갇히고서야
비로소 나에게 날개가 돋는다는 것을 안다

상암동

내 어려웠던 한 시절 이 어디쯤에서
땅콩 이삭들 캐거나 물고기를 잡거나
모래내로 수색으로 노상 걸어 다니면서 살았다
만삭의 아내가 모래밭에 주저앉아
달빛 내려앉은 얼굴로 웃고
우리는 거친 밭두렁 야트막한 산을 넘어
사글셋방으로 돌아와 몸을 눕혔다
어느 해 물난리에는
박봉우 시인의 책이며 세간살이
못 쓰게 된 것들 햇볕에 널어 말리다가
시인도 처자식도 바래져서 창백한 얼굴이었다
팔십 년대에는 어느 사이
도시의 악취가 모아진 쓰레기 산이 되더니
절망이 집집마다 안개처럼 스며들던 마을에
밤이 되면 여기서도 쿵작작
뜨내기 넝마주이들의 세상이더니
살며시 또 어느 사이에
쓰레기 산이 푸른 옷을 입어 생명들을 키웠다
아파트들이 들어서고 큰길이 나고

월드컵경기장이 생기면서부터
온 나라가 세계가 들썩거렸다
하늘공원 억새밭에 올라 바라보니
삼각산 아래로 왜 서울이 빼곡하고
한강은 또 저리 빛나며 흐르는지 까닭을 알겠다

변화는 자연이든 인위든
이렇게 눈이 놀라 새롭기만 하지만
안 보이는 곳에서는 추억들 무더기로 쌓여서
울고 있다
너무 빠르다

시멘트 길

산속에서는 온종일 걸어도 괜찮은데
시멘트 길에 나와서는 조금만 걸어도 다리가 팍팍하다
발바닥에서부터 올라온 폭력이 머릿속까지 흔들어
발길 옮길 때마다 나를 때리므로
가는 길 지루하고 맑지 못하다
매끈하게 흙을 가두어놓은 시멘트 거죽이
그 아래 살아 있는 것들 모두 질식시켰으므로
그 위를 걷는 나도 숨쉬기가 벅차다
유신 시절에는 거의 모든 사람들에게
눈 막고 귀 막고 입을 막았던 짓누르던 시간이
흘러갔다 보이지 않는 곳에서는 권력의 촉수들이
눈 밝히며 가던 길 가로막았다
육이오 때에도 일제 때에도 숨어 사는 사람은 많았으나
그 시절엔 숨어 살기에도 세상이 너무 좁았다
산에서 내려온 삼촌이 며칠 만에
포승줄에 묶이어 끌려가는 것을 보면서
문득 쳐다본 하늘이 시리게 파랗다는 것을 처음 알았다
갈수록 세상은 사통팔달 넓어져서
어디인들 한 몸 숨길 수 없을까마는

요즘에도 숨거나 들키거나 갇히는 사람들 태어나기 마련
아무도 모르는 곳에 떨어져서 혼자 울거나
가슴 쥐어뜯으며 걸어가는 사람들 늘어나기 마련
때로 술 취해 비틀거리는 나에게
벌떡 일어나 따귀를 갈겼던 시멘트 길
얼굴이 까져 밖에도 나가지도 못했던 나날
청와대 쪽을 향해 삿대질했다는 이유만으로
경찰에 데려다 놓은 택시 기사였던
뻔뻔한 시멘트 길
그래서 끝내 모가지가 잘린 내 동료 신문기자
그러나 시대는 바뀌고 또 바뀌는 것
시멘트 길도 지쳐 식은땀을 흘리고
곧고 매끈한 것들이 어떤 날에는
그 안에 수없는 독침을 감추었다가
곧 드러나 사그라지는 것을 나도 보았다
시멘트 갈라진 틈새기로 뿌리를 내린 민들레가
노오란 꽃 피워내 곱다 못해 슬프구나!
단단한 폭력의 각질 사이를 뚫고 솟아 나온
연약한 손길 하나

시멘트 길 끝난 곳에 다시 부드러운 흙길이다

논두렁

이 논두렁길이 백두산 가는 길이라니 놀랍습니다
하다못해 논두렁 정기라도 받고 태어난다는
옛사람들 말씀 생각나 고개를 끄덕입니다
물꼬 막으며 잠시 서서 바라보는 먼 산으로
치미는 가슴 울화 가라앉히고
새참 먹은 뒤 담배 한 대 태우며 숨 쉬는 서러운 하늘로
어느덧 상것들 다시 힘이 솟았지요
저기 저 마을 뒤 푸른 소나무 밭을 지나
뒷산으로 길을 잡아 올라서면
굽이굽이 끝없이 펼쳐진 우리나라 땅 모두 산이었어요
저 많은 크고 작은 산들 두루 거쳐
몇 날 몇 달을 걸어가노라면
할아버지 산에 다다른다는 사실을
옛 어르신이 가르쳐주었습니다
그러므로 이 논두렁길은 예사 길이 아닙니다
백두산 실핏줄이 여기까지 뻗어 내려와서
태어나는 아기들 포근하게 지켜주는 것을 압니다
있는 사람 없는 사람 가리지 않고
피붙이들에게 저를 다 불어넣어 주지요

신작新作

삼 년 남짓
시를 뭉개서 처박아두었다가
다시 쓰는 일이
목매달아 죽으려다 누가 살려낸
계집 한숨 소리처럼

그 사이 많이 빛바랜 언어도
힘이 풀려서 휘청거린다

붕鵬

사람도 너그러워야 모진 이들을 숨 재워 돌아서게 하고
산도 부드러운 능선 아래 뾰족한 봉우리들 거느리느니
천천히 가는 발걸음이 더 멀리 가듯이
뼈 없는 문어가 게나 조개를 잡아먹듯이
따뜻한 바람이 폭풍보다 먼저 겨울을 몰아내듯이

내 그리움도 세상의 모든 완강한 것들 무릎 꿇게 하는
보이지 않는 날개 하나 키우느라
구만 리 하늘 가득히 맴돌고만 있으니

누드

며칠 사이에 홀연
그 무성했던 이파리가 모두 떨어졌다
땡감 몇 개만 덩그러니 허공에 달려
적막하다
바람 불 때마다 조금씩 흔들거린다
한 번도 사랑을 묻힌 적이 없는
알몸들이 익어간다
아무것도 걸치지 않았고
아무 데도 기댈 곳 없어
나는 내가 춥다
더 많이 쓸쓸해야 한다

요즘 시詩

두 손으로 구겨 한쪽에 던져놓은 비닐 봉다리
슬그머니 살아나서 제 몸을 키운다
조금씩 조금씩 팔을 뻗어 내 방을 차지한다
다 커서 제 세상을 이룬 듯 술들을 처마시고
이리저리 흔들거리고
꼴사납게 여러 곳에 널브러져 있다
이것들을 다시 쓸데가 있을 거라고
모아두었던 내가 나를 미궁 속에 빠뜨린다
내 늙어가는 그리움처럼 너희들 꼬락서니처럼

가벼운 것들은 가벼운 바람에 일어났다가
큰 바람으로 날아가 버린다
눈여겨보는 이 아무도 없다

어머니

서 있는 뒷모습에 힘이 꿈틀거린다
머리에 인 광주리 기름병 꼭지 하늘로 뾰족하고
옷소매 걸어 올린 팔뚝과 불끈 쥔 두 주먹
강동한 치마 아래 두 종아리가 저리 뻣뻣하다
어지러운 세상의 얼굴 속에서도
사랑을 품고 나아가는 발걸음은 언제나 당당한 법이다
내 책상머리에 삼십여 년째 놓여 있는 박수근의 목판화 기름 장수 아낙
마주 앉을 때마다 설악 용아릉*의 험한 바위들과
낭떠러지와 거기 용솟음치는 기운이 내 앞에 나란히 놓인다
위를 겨냥하는 것들은 한결같이 불끈불끈 용틀임을 하지만
언제나 그 안에 슬픔을 다독이며 있다는 것을 짐작게 한다
패배에 고개 숙인 짠한 몰골이 아니라
어려운 삶을 헤쳐나가는 씩씩한 두 다리와
두 팔과 어깨의 저 완강함
가장 낮은 고무신 코도 위를 향하는 저 날카로운 길항拮抗
세계가 그 앞에 엎드려 무릎 꿇게 하는 저 뜨거운 응축凝縮
저 피 울음 다음의 굳센 기립起立과
노여움을 삭여 힘으로 바꿔 만드는 저 고요함이

뒷모습에 그대로 꽃피고 있는 것 나에게는 잘 보인다

* 설악산 내설악의 용아장성능선.

보릿고개

남창 밖 앙상한 감나무 가지에
참새들이 앉아 부지런히 아침을 먹습니다
지난가을 따지 않고 내버려 두었던
땡감 서너 개가 익을 대로 익어
크고 작은 새들이 무시로 날아와 쪼더니
봄이 되어도 거무튀튀한 먹잇감을 두고
여러 새들이 들락거려 내 아침잠을 깨웁니다
겨울부터 봄까지
새들은 작은 먹잇감도 한꺼번에 먹어치우는 일이 없습니다
사이가 좋아 서로 다투거나 싸우지도 않습니다
큰 새와 작은 새가 한꺼번에 앉는 일은 결코 없습니다
몇 차례 쪼아 먹고는 가지에 좌우로 부리를 씻고 두리번거
리다가
이내 날아가 버립니다
두고두고 남겨두어 보릿고개 넘깁니다
내 방에 앉아 우두커니 이걸 바라보는 일이
사람들 탐욕과는 너무 달라서
한 깨달음을 눈으로 만지며 내가 따뜻해집니다
날씨 풀리고 새잎들이 돋아나면서부터

찾아오는 놈들이 잘 보이지 않습니다

일심으로 또는 늘 청청하게

나에게는 시 쓰는 제자가 한 사람도 없다
시를 가르치는 선생을 한 적이 없고
누구도 나에게서 시를 배우겠다고 나서는 이가 없었기 때문
이다
더러 찾아오는 후배들이 없는 것은 아니지만
나는 그들에게 시를 가르칠 만한 능력도 재주도 없을 뿐만
아니라
오히려 그들에게서 더 많은 것을 배우거나 자극을 받기 때
문이다
내가 잘 모르는 풍속과 세계를 그들은 살고 있고
내가 모르는 문법을 그들은 즐겨 사용하고 있기 때문이다
그들의 날렵한 걸음걸이 가벼운 몸놀림 볼 때마다
나는 갈수록 내가 무거워 뒤로 처지거나
힘겨워 쉬엄쉬엄 따라갈 때가 많기 때문이다
그래서 나는 항상 그들이 두려워 조심스럽다
쓸 만한 제자를 많이 둔 내 또래들을 보면
속으로 부러워한 적이 없지도 않았지만
나처럼 혼자서 가는 일도 어쩔 수 없는 팔자로 여기는 편이다

망망대해에 뜬 일엽편주

외롭지만 뭍에 가 닿고자 하는 꿈 지녀 일심으로 가듯이

인수봉 높은 벼랑에 걸친 늙은 소나무 한 그루

위태롭지만 멀찌감치 서서

세상 굽어보는 그윽함 지녀 늘 청청하듯이

집

높은 집들이 하나씩 둘씩 생겨나서
내 좁은 방을 자꾸 엿보는 것 같다
남창 밖에 서 있는 감나무가 그런대로
가려주므로 나의 부끄러움 아직은 드러나지 않았다
오른쪽 창으로 가끔 밖을 내다보고
창문을 열어 바람이 다녀가도록 한다
개구쟁이들 노는 소리 까르르 내 어린 날을 당겨
나를 문밖으로 나가도록 만들고
멍게 해삼 장수 자동차에서 들리는 되풀이 소리
나도 군침 돌아 기웃거리게 한다
아파트들이 하나씩 등 뒤로 솟고
저 아래쪽으로도 공사가 한창이다
하늘 좁아지고 햇볕도 많이 줄었다
가까운 산들이 아파트에 포위되어 꼼짝 못하지만
우리나라는 아직도 모두 산이다
내 집도 높은 창들이 많이 내려다보므로
이웃들 어려움 나누어 갖지 못한 나의 서울살이
속속들이 보여질 날 오겠지만
나는 흔들거리는 나를 내버려 두기로 한다

어느덧

나뭇잎들이 다 붉어지기도 전에
죽은 영혼들 물들여 온 산이 불타기도 전에
시월 눈 쌓이고 바람 불어 나도 칩습니다
미처 제집을 찾지 못한 새끼 배암 한 마리
돌길 위에 웅크리고 앉아서
파란 하늘에 대고 무어라 절규하는 듯
찢어지게 벌린 입 다물지 않습니다
술 한 잔 못 마시는 나의 나날도
겨울로 들어가지 못한 채
때아닌 눈 맞아 오들오들 떨고 있습니다
산정은 온통 하얀 세상인데
저어 아래쪽은 아직 푸르러서 물결칩니다
누구나 한창때는 저리 철없이 날뛰지요
사람 사는 일 오도 가도 못하여
제자리에서 머뭇거리는 일 많습니다
어느덧 나도 입만 벌린 채
그냥 그렇게 또는 슬프게

서울에 숨어 살기

아파트의 눈들이 내 창을 기웃거려도
웃통 벗고 살아온 지 오래되었네
높은 것들이 하나씩 둘씩 내 집을 감싸서
어느덧 하늘 좁아지거나 먼 데 산을 가리거나
비좁은 내 마당 안방까지 내려다보아도
산에 다녀온 눈으로 보면 무엇 하나 막힌 것이 없느니
자주 들리는 자동차 소리 술주정꾼 소리
아이들 달음박질 소리에
내 귀는 닳도록 씻겨서 고요하다네
거미줄에 걸린 감나무 이파리 하나 흔들거려
산바람이 여기까지 따라 내려와서
나를 담담하게 만드는 것 알겠네

흔들린다

돋보기 쓰고 책을 들여다본 지 여러 해
글씨는 보이는데 아직도 세상 잘 안 보여 답답하다
가까운 것들 그런대로 보고
문밖 것 먼 데 것은 돋보기 벗어버려야
이리 시원한 하늘 땅 산
사람 사는 일들은 아직도 오리무중 흐리멍덩
그대 마음 하나 읽지 못해 쩔쩔매는구나!
책에서 꿈틀거리는 글자 하나 한 획 한 줄
잘 보이다가도 책을 덮으면 흔들거리는
나뭇잎이거나 내 몸뚱어리거나 세상일이거나
바람 탓으로 돌리기에는 아직 이른 나이
고요함 속에서도 흔들리는 것들 더러 있으니
지리산 끄트머리에 와서 왔던 길 돌아다보는데
구름 가려 안 보여도 그만 보여도 그만

생, 또는 시

너무 게을렀다
많이 놀았다 흐리멍덩해졌다
산에서 내려와 술 마시고 집으로 와서
문득 내버려 둔 시 생각이 났다
이것들 잘 있었는지 잘 익어가고 있는지
또는 썩어서 쓰레기통으로 들어가야 하는지

세이 洗耳

산에서는 듣지 못했는데
산에서 돌아온 이튿날 아침이면 어김없이
산 울음소리 내 방에 가득하다
우리나라 산천 곳곳을 떠돌다가
그 산에서 내려와 잠시 눈 붙인 영혼들이
날이 밝자 다시 내 창을 넘나드는 것인가
세상의 온갖 소리들 가운데에서도
가장 고요하게 가만가만 흐느끼는 소리들
맑고 다사롭게 나를 채우는 소리들
산 울음소리들
흐르는 것이 생명인 소리들
이튿날 아침마다 내 귀를 씻어준다

4부

소리를 보다

바람 소리가 아닙니다
숲이 꿈을 펼치는 소리입니다
숲이 꿈을 펼치며 내지르는
미칠 듯한 기쁨의 소리입니다
우울한 소식들에 지저분해진
내 귀를 맑게 씻으라고
물결처럼 깊이 일렁이며 보내는
소리를 문득 봅니다

고개

모든 높은 곳의 중턱에는 고개가 있다
정신이 가서 오를 수 있는 가장 높은 곳
그 한참 아래에 우리가 잠시 머무는 고개가 있다
거기서 나는 마음속 얼룩을 지우고 상처를 다독인다
바람에 심하게 흔들리는 나뭇가지가
제자리를 찾아 꼿꼿하게 다시 서듯이
흔들리는 것이 그냥 한때의 몸짓일 뿐이라고 잠잠하듯이
사람들은 숨을 고르고 앉거나 서서 땀을 닦는다
좀 더 게으름을 피워 부드러워졌다가
처음 눈을 떠 세상을 보는 놀라움으로
내려다보아도
나에게는 무엇 하나 거추장스럽거나
아픈 마음 한구석 찾을 수 없구나
정신이 먼저 간 곳 따라
몸을 추슬러서 이제 다시 올라가야 한다

산속에서라야

산은 사람의 허물을 가려준다
아니다 사람의 영예까지 가려주므로 공평하다
모든 살아 있는 것들도 두루 편안하게 집을 가진다
나도 한없이 고요하고 너그러워진다
높게 올라갈수록 그만큼 나는 더 낮아져서
날뛰는 것들을 지그시 바라보거나
아무것도 아닌 나를 거듭 돌아보는 버릇에 잠긴다
산속에서라야 우리는 저마다 나를 숨긴다
결코 하늘에게도 들키는 법이 없다
은밀하면서도 넓게 트인 새로운 세상을
사뿐히 밟으며 내 긴 기쁨이 간다

생선회 한 점을

생선회 한 점을 천천히 씹어 삼키듯이
산길을 즐긴다 내 발걸음은 가둬둔 봇물 터져 쏟아져 내리고
풀잎에 스치는 흙을 밟는 바위를 딛는
발길이 너무 맛있구나 존득존득하고도 고소한
길이 이제 어느덧 옷을 갈아입고
끝없이 형형색색으로 연이어져서
폭포처럼 시원하게 나의 게으른 정신 위에 떨어져 내린다

눈에 보이는 것 모두 새 세상이 아니냐
꿈은 이제 가슴에 품어도 좋고 안 품어도 그만 아니냐
이렇게 배부르고 등 따습고 편안한 길에서는

하산下山

내려가는 일이 더 높은 곳에 이르는 길이라고
산이 나에게 가르친다

깊게 생각하므로 말수가 적어지고
낮게 밑바닥에 숨어서 지내므로
아래로 아래로 스며드는 물처럼 흐르다가
겸손하게 잦아지거나 앙금으로 남거나
아무도 알아보는 사람 없어 진흙 밭에 뒹굴다가
그때마다 내 영혼은 몸에서 빠져나가
별에 가 닿았음을 알아차리므로
차분하게 사람 사는 모습 내려다보는 이 기쁨!

개구멍바위*에서

개펄에 제 몸을 담근 바다가
저를 밀어 썰물로 빠져나가듯이
내 정신이 나를 밀어 내 몸을 빠져나가게 한다
엄니의 자궁 속 깊이 모를 어둠에서
발버둥 치거나 비집고 나오거나
세상 속으로 다시 들어가거나 하는 일이
거듭 되풀이됨으로써 내가 벅차다
안에서도 밖에서도 모두 어렵다
세상에서 세상에 빠져 허우적거리는 나를
내가 물끄러미 내려다본다

* 속리산 문장대 옆으로 뻗어나가는 백두대간 상의 바위 구멍 길.

불확실성의 꿈

높은 산에 올라 멀리 또는 가까이 바라보면
우리나라 사람의 마을이 잘 보이지 않는다
산줄기와 줄기 사이가 안개인지 강물인지 도시인지
무엇인지 가늠할 수 없다
그 사이사이에 사람들 살고 있겠지 짐작하면서
내 발길이 끄는 대로 간다
어린 시절 올랐던 무등산 서석대에서도
광주는 저어 아래 조그마한 개밋둑일 뿐이었다
그 광주가 자라서 이제는 온 세상에 빛을 낸다
숨어 있는 것들은 조만간 저를 드러내어
산보다도 더 높고 크게 자라서 또 하나의 산을 이룬다
사람의 가녀린 목숨 하나가
우리나라를 울리고 세계를 놀라게 한다
사람의 마을이 안 보이는 것도 지금은 축복이다

깊은 산

새마을호 기차를 타고 또 택시로 갈아타고
손쉽게 그대 만나러 왔다 그대 만나서
거지처럼 또는 가출 소년처럼 눈 내리깔고 걷는다
깊은 산에만 들어오면 왜 이리
나는 작아져서 풀벌레나 가벼운 바람이거나
하는 것들이 되어 흔들리는지
무슨 희망은 이리 맑은 땀빙울로 떨어져
나를 숨 헉헉거리게 하는지
그대는 표정과 내음이 다른 풍경 속으로
나를 잡아끌어 나를 더 쩔쩔매게 하는데
영재*는 마른 토끼 새끼처럼 잘도 가는구나
천천히 걸어라 더 오래 여기 머물러야
바보 천치 옷자락이라도 아름답게 붙잡지 않느냐
한 달 전에 돌아섰던 고개 다시 올라와
반갑게 껴안고 볼을 비벼도
그대 저만큼 달아나서 나를 내려다본다

* 나와 함께 백두대간을 구간 종주했던 시인 김영재.

98

마귀할미통시바위 그 손녀바위

집채만 한 바위들 사이로 숨어
자빠져 뒹굴거나 사랑하거나
오줌똥 싸거나
누가 나를 탓할 것이냐
손녀바위는 한참 멀리 떨어져서
무엇이 다급한지 손짓을 하며 달려오고
그 뒤로 둔덕산 높이 가부좌하고 앉아
할미와 손녀와 나를 물끄러미 내려다본다

아무 일도 하지 않았는데 내가 부끄럽다
가는 길 너무 환하게 트여
내 어지러움이 잠시 발걸음 멈추고 눈을 감는다
위로만 솟는 것은 머지않아 꺾여지거나
닳아 사라지거나 제풀에 주저앉아 버리거나
으스스한 몰골로 남지 않겠느냐
아래로 깊게 내려앉는 것
끝을 볼 수 없어 나도 마침내 소년이다

막사발고개*

산에서도 내 방에서도 시는 잠깐씩 보이다가 사라지는데
고개에 올라서서야 나는 느긋하게
풍경을 아로새겨 가슴에 시가 괴게 한다
풍경은 지나쳐 가버리지 않고 내 방에도 머문다
내 책상머리에까지 따라와 지그시 나를 건너다보는
윤광조** 막사발에 되풀이해서 그려진 산봉우리들
눈빛들이 너무 부드러워 나도 금세 벅차오른다
끝 모를 겹침과 포개짐 둥그스름한 슬픔들
이 그릇에서는 황토 진흙 고향 내음이 끓어 풍기고
비록 투박하지만 진솔한 마음들이 잘 보인다
되나캐나 사는 사람들의 숨결 소리도 들린다
못난 놈들끼리 넘나들던 펑퍼짐한 고개
다른 길이 뚫리면서 그 고개는 상것들의 길이 되었다
못생긴 사기그릇 가득 짊어지고
고개에 올라 작대기 받쳐놓고 먼 데 산 바라보았듯이
나도 내 방에 주저앉아
못난 놈들의 시가 익기를 기다린다

* 경북 문경과 충북 충주 사이의 하늘재는 삼국시대 때 뚫린 고개로, 인근의 새재가 열리면서 한때 막사발고개로도 불렸다. 문경 쪽의 가마에서 구워낸 막사발을 지게에 짊어지고 충주나 서울 쪽으로 옮기기 위해 이 고개를 넘었다는 데서 유래한 듯하다.
** 중진 공예가. 분청사기의 명인.

쇠나드리*

　콩 넉넉하게 부어 쇠죽을 쑤게 양재기 말고 바가지를 쓰게
쇠죽 저을 때도 나무 막대기를 쓰게 쇠붙이가 닿아서는 안 되
느니 쇠 멕이기를 끝낸 다음 겨우내 가두어두었던 소 외양간
에서 나오도록 한다 멍에 풀어주고 봄 햇살 속에 한동안 내버
려 둔다 주인은 흰 두루마기를 받쳐 입고 나들이 채비 갖춘다
한가로운 소를 몰아 집을 나선다 소와 함께 가는 길 더디기만
해도 산천초목 천천히 살펴보면서 간다 쓸쓸한 이 산중에서
내 젊음도 다 늙어가네 봄눈 녹아 개울물도 많이 불었다 물살
이 세고 깊다 주인은 소 등에 올라타고 소가 개울을 건너간다
소도 언덕이 있어야 비비듯이 사람도 소가 있어야 물을 건넌
다 놀다가 죽는 것은 물 밑의 고기들이요 일하다 죽는 것은 우
리 농민들일세

* 강원도 인제군 기린면에 쇠나드리라는 마을이 있다. 백두대간의 조침
령 아래쪽이다.

5부

바위의 말
−대흥사 북미륵암 마애여래좌상

나는 오랫동안 너무 게을렀거나
한자리에서만 맴돌아 생각이 굳어졌거나
그리움으로 목말라 바윗덩이가 된 것은 아니다
내 안에는 아직도 더운 피 터질 듯 힘차게 돌아 흐르고
이리 무겁게 앉아 있어도
갈수록 눈 깊어져 천만 리 머나먼 바깥세상
잘 보이느니
사람들의 짠하고 아픈 사연 찾아 듣느라
귀가 늘어져서
정작 가까운 솔바람 소리 개울물 소리 따위는
귓가로 흘려버리고 말았느니
해남 두륜산 자락 포근함에 파묻혀서
멀리 일렁이는 산굽이 너머 바다 건너를
나는 그저 하염없이 바라보고만 있는 것은 아니다
이제 곧 내가 일어나 입을 열어 말할 것이고
세상 속으로
뚜벅뚜벅 걸어 내려갈 날도 멀지 않았다

어둠다

-노무현

세상 사람들이 가지 말라고 하는 길을
그대는 애써 찾아 들어갔다
그 길은 험하고 아프고 외로웠으나
그대는 흔들림 없이
치열하게
그 길을 뚫고 나아갔다
그리고 마침내 그대는 그 길이 옳았음을
세상에 알렸다
그대의 길은 결코 외롭지 않았다

아아 그대는 죽음까지도
이토록 순결하구나!
아깝고 분하고 비통하다

향로봉에 와서
-2005 평화의 시

산길이 잘 보이는데도 더는 가지 못한다
무산 국사봉 금강산이 저 앞에 첩첩 펼쳐져 있는데도
더 나아가서는 안 되는 곳이다
아 여기 처음 보는 산들도 내가 걸어온 남쪽 산들과
모두 닮아 모든 우리나라 하나임이여
우리나라 산천초목 하늘 바다 사람들
태어난 그대로 하나임이여

분단을 보겠다고 북녘 산하를 보겠다고
산허리 굽이돌아 네 시간 동안 걸어온 길
어두컴컴한 신새벽 서울에서 보았던 상기된 얼굴들
여기서는 모두 풀 죽어 발걸음 돌리지만
그 마음마다 땀 흘리며 모두 북쪽 산들 오르고 있음이여
무산 국사봉 금강산 너머 백두까지
올라가고 있음이여

흰 돌기둥의 시간이 나를 여물게 하였다
−경희대 60년에 부쳐

소년에서 청년으로 발을 옮기던 어리숭한 열여덟 살
감색 교복보다는 검정 물들인 군용 작업복 차림으로
날마다 등용문을 드나들었다
체육대를 지나 교시탑 오른쪽 언덕을 오르면 야외음악당과
문리대
왼쪽으로 돌아 내려가면 흰 돌기둥의 본관 석조전이
장엄하게 빛나며 버티고 있었다
아직 날개가 돋아나지 않은 몸통뿐이었으나
그 집은 마치 그리스 신전의 신화처럼 나를 흔들었다
1960년 경희대 캠퍼스의 모습인데
나는 이곳에서 나의 소년이 청년으로 넘어가는 시간을 보
았다
틈만 나면 임간교실로 들어가 혼자 머무르거나
벤치에 앉아 고황산 너머로 사라지는 흰 구름 바라보거나
담배를 피우며 심각한 척 서성이기도 하였다
자취방이 있었던 이문동에서 회기동 청량리 홍릉을 걸어
다니면서
내 어린 심성은 점차 키가 크고 단단해져서
여리고 어수룩하고 물러 세상 물정 모르던 숙맥이가

치기 발랄하여 방황을 일삼던 소년이
어느덧 여물어져서
청년으로 꽃피던 그 언저리에
흰 돌기둥이 깊게 뿌리박은 것처럼 서서 빛나고 있었다
그로부터 몇십 년 만에 다시 와서 보니
흰 돌기둥은 그새 날개가 돋아 세계를 퍼덕이는구나
온통 눈부심뿐이로구나!

놀라운 일이다
— 《한국과 중국》 창간에 부쳐

내 어린 시절에
오랑캐로만 알았던 중국
나이가 들어서도 먼 나라로만 알았던 이웃 나라
그 땅을 10여 년 전에야 처음 가보았다
놀라운 일이었다
나와 다를 것 없는 사람들이 사는 나라
보이는 것마다 나는 입을 다물지 못하였다
내 땅 우리나라에서
우리가 우리를 되살피고 공부하는 것들도
갈수록 놀라움이다
중국에 비하자면 땅이 넓지 못하고
더 웅장하지도 화려하지도 못하지만
우리 문화 더 깊고 그윽하고 높다는 것을 알았다
놀라운 일이다
중국의 변방이 한국 아니라
한국을 간섭했던 중국 아니라
두 나라는 서로가 자기의 까닭과 근거로서
빛나고 있음을 나 비로소 깨달았으니
놀라운 일이다

두 나라 이제 손에 손잡고
서로를 보고 느끼며 이해하는 일
우리 모두 세계의 중심에 서 있다는 일
세계의 깊이에 뿌리박고
태양에 키를 키우는 일들이

우리 모두의 가슴에 품고 있는

-독도

가없는 동해 한 점으로 솟아
북풍한설에 부대끼고 닳고 혼자 빛나는 것이
꼭 우리나라 시와 같습니다 나의 삶도 그렇듯이
외로움이란 그리움 먹고 사는 짐승이지요
안 보이는 바다 아래로
훨씬 더 넓고 크고 깊은 뿌리 자라고 있듯이
우리나라 사람들 가슴마다
이리 넉넉한 그리움 품고 살지 않습니까
섬 하나 외로워 보이지만
뜨거운 불길 결코 터뜨리지 않고
안으로만 응결된 몸이므로 끝내 만만하지 않습니다
보이지 않는 아래로 희망이 살아 꿈틀거리는
섬 하나 있습니다
우리 모두의 가슴에 품고 있는

오호통재라

-대운하 사업에 반대하여

멧돼지가 파헤쳐 놓은 산길 곳곳에
다스운 입김들 피어오르는 것이 보입니다
땅이 아파서 가쁜 숨 몰아쉬는 것이겠지요
바윗길에서는 나도 긴장하므로
조심스럽게 매만지는 살결에서 체온을 느낍니다
바위 속에도 뜨거운 피가 흐름을 확인하는 순간이지요
한겨울 임걸령 어디쯤에서든가
눈밭에 드러누워 시리게 푸른 하늘 바라보았습니다
한없이 포근한 어머니 품속이었지요

그 땅에 팔다리를 잘라내고 배를 가르고 창자를 들어내고
심장을 뚫어 물길을 만든다니!

따라가는 길 완성의 길

-광주고 개교 50주년에

길을 따라가는 발걸음이
왜 어려운지를 우리는 안다
길을 만들어 가던 사람보다도
그 뒤를 따라 땅 다지던
사람보다도
지금 내가 가는 길 더 어렵다는 일
우리는 안다
그 길에 나를 보태고
우리를 보태서
새로운 삶
더더욱 아름다운 개성
통일로 가는 뜨거운 가슴
우리도 만들어가야 하기 때문이다
앞서 간 이들이 헤매던 곳
가로막는 것들 온몸으로 헤쳐가며
그 길 더욱 빛나게 하였으니
그 뒤를 이어 우리들이 간다
무엇을 보태고 무엇을 더 만들어서
그 길 새록새록 푸른 옷을 입을까

나는 안다
우리도 알고 저 하늘도 알고
세상 속에 가득한 사랑도 안다
따라가자
따라가서 더 큰 것을 만들자
더 넉넉하고 더 싱싱한 마음
그 길에 쏟아 모든 우리 하나로 만들자
광주고 50년이여 우리들의 젊은 꿈이여!

더 큰 보람을 찾아서

-2005년 새 아침에

길 잃었을 때 길을 찾아 헤매고
길이 막혔을 때 길 만들어 가던 우리들의 꿈
맑고 착한 눈망울들
뜨겁게 불타오르던 벅찬 가슴들
마침내 여기까지 와서
우리 하늘 모두 우리가 차지했구나!
돌아보면 가시밭길 헤쳐오던 숱한 나날들
높은 벼랑 폭풍우 속 안간힘을 다하던
긴 삶의 굽이굽이
고난과 영광
모두 우리 것이어서 아름답구나!
이제부터 가야 할 길
또한 멀고 험한 길
새 아침 찬란한 햇살 따라
사랑과 너그러움 함께 껴안고
걷디며 가야 할 새로운 길
어렵게 힘들게 성취된 생 거룩하듯이
우리들 더 큰 보람 찾아 나서는 길
돌아가지 말고 피해 가지 말고

당당하게 힘차게 맞서며 가자!

세계를 껴안고 가자

-2002년에게

참으로 긴 어려움이었다
거친 눈보라 매서운 추위 견디며
힘겹게 예까지 왔다
먼동 틀 때 바라보니
그대 얼굴 붉으레 물들여지는 것이
그대 안으로도 활활 불타는 것들
터져 나오고 있음을 알겠다
발아래 깔린 구름 너머로
동쪽 하늘 붉은 햇덩이 솟아올라 길을 열고
우리가 가야 할 새로운 산하
시작의 부푼 가슴
골고루 비추어 새 힘을 일으킨다
그대가 비록 아직 여물지 않은
우리를 나무라고 아직 다 깨어나지 못한
우리에게 시련을 준다 하더라도
그대가 만드는 사랑
우리에게 온통 다가옴을 느끼느니
타오르는 불꽃
젊은 꿈과 용기가 되어

거칠 것 없이 나아가듯이
그대가 우리에게 쏟아붓는
저 가없는 그리움
굵은 팔뚝이 되어 힘줄이 되어
어찌 우리 넓은 두 팔로
세계를 껴안고 가지 않으랴!

아 저렇게 이십 세기가 사라져갑니다

오늘 해 저물어 한 해가 가고
한 세기가 또한 저렇게 사라져갑니다
내일은 다시
새 천 년의 해가 떠오른다 하더라도
지난 백 년은 참으로 위대하였습니다
이십 세기가 역사에 보탰던 숱한 사연들
사라져가는 저 백 년이 아름답습니다
저 가운데에 비록
미움과 다툼의 세월이 세계를 들쑤시고
온갖 허물과 지저분함이 우리를 못살게 하고
부정부패 부조리 지역감정 따위들
우리나라를 어지럽게 했다 하더라도
그것들을 모두 어둠 속에 묻어버리는
저 큰 깨우침의 적멸寂滅이 엄숙합니다
모든 사라져가는 것들이
저를 역사에 맡겨 숨죽이듯이
우리도 모두 저렇게 사라져갑니다

시집 『작은 산이 큰 산을 가린다』를 내놓은 지 5년 만에 나의 통산 아홉 번째 시집인 『도둑 산길』을 상재한다. 이 5년 동안 나에게는 놀라운 손님 한 분이 찾아와서 나를 괴롭혔는데, 지난 2005년 7월 의사로부터 간암이라는 선고를 받은 것이다. 처음엔 충격이었으나, 나는 곧 평상심을 되찾아 나와 내 주변을 조금씩 정리하기 시작했다. 오랜 세월 동안 엄청나게 많은 술을 퍼마셨으므로 이제 마침내 올 것이 왔구나 하는 느낌이었다. 사람은 누구나 죽음으로 가는 발걸음을 천천히 옮겨가고 있는 것이라고 생각하면서, 나에게는 그 발걸음이 조금 빠르지 않았나 여겨졌다. 그래서 나는 이제 살아 있는 동안만이라도 나에게 주어진 시간을 충실하게, 보다 적극적으로, 또 희망을 잃지 않고 느리게 걸어가야 한다고 다짐했다. 산으로 향하는 횟수도 더 많아졌고, 책상머리에 앉아 책을 읽거나 글을 쓰는 시간도 전보다 더 많아졌다. 시 쓰고 산에 다니고 친지들 만나 담소하고, 혼자 여행하는 나의 생활은 5년 전이나 그 이후나 크게 달라진 것이 없다. 다만 술을 마시지 않으므로, 지난날의 술친구들 만나는 일이 뜸해졌고, 어쩌다 술자리 같은 데에 앉아 있기가 거북스러워 애써 그런 자리를 피하고 있을 따름이다. 그동안 간동맥색전술이라는 치료를 몇 차례 받았으며 3개월에 한 번씩 재발 여부를 확인하는 검진을 받아왔다. 어디가 심하게 아픈 것도 아니고, 기력이 크게 떨어지는 것도 아닌데, 이 손님은 항상 다시 찾아올 가능성이 있으므로, 지금도 석 달에 한 번씩 검진을 계속하고 있다.

내가 날마다 하는 일이란 곧 글쓰기와 책 읽기, 그리고 걷기이다. 나의 글쓰기는 중·고교 시절부터 시작돼 1960년 고교 졸업을 앞두고 〈전남일보〉 신춘문예에 당선한 것으로부터 계산하면 올해로 꼭 50년이 된다. 그 이듬해부터 《현대문학》에 첫 번째 추천을 받았고, 1962년에 세 차례 추천 과정을 모두 마쳤다. 그리고 군대를 다녀온 다음 또 한 차례 〈동아일보〉 신춘문예에 당선했으니, 나는 모두 세 차례에 걸쳐 등단을 한 셈이다. 글쓰기는 그러니까 그때부터 나의 평생에 걸친 '일'이 되었다. 산행 역시 중·고교에 다닐 무렵부터 무등산을 오르내렸고, 서울에 살면서는 산을 잊고 지내다가 1980년 이후부터 삼각산 등 근교 산과 전국의 명산들을 찾아다녔다. 그러니까 산에 몰입하게 된 지도 30년에 이른다. 오랜 세월 동안 적지 않게 썼고, 많이도 산을 오르내렸다.

시와 산행을 일치시켜온 나의 작업은 나의 기간 시집인 『야간 산행』(1996년, 창비), 『지리산』(2001년, 창비), 『작은 산이 큰 산을 가린다』(2005년, 창비)에 그대로 나타나 있다. 이번에 출간하는 『도둑 산길』도 일부를 제외하면 거의 모두 산행과 관

런한 것들로 채워졌다. 『야간 산행』이 1980~90년대의 암벽 등반 체험을 기록한 것들이라면 『지리산』과 『작은 산이 큰 산을 가린다』는 백두대간을 구간 종주하며 얻게 된 시편들이다. 바위(암벽)에서의 무서움, 극한적인 싸움에서 돌아본 생과 사물의 본질 추구가 『야간 산행』이었다면, 우리나라의 큰 산줄기와 그 기슭에 얽힌 사람들의 삶·역사·문화 따위를 살펴본 것이 『지리산』과 『작은 산이 큰 산을 가린다』라고 할 수 있겠다. 『도둑 산길』도 산에 다니면서 얻은 시편들임에 틀림없으나, 산과 내가 교감하고 말하고 깨우치고, 담담하게 세상을 내려다보았다는 점에서, 전과는 달리 더 미시적이고 또 관심의 폭이 넓어졌다는 생각이다.

산과 관련한 시를 여기저기 발표하다 보니 주변에서는 더러 "이제 산시에 물릴 때도 되지 않았느냐"라고 말하는 친구가 있다. 나로서는 전혀 그렇지가 않다는 생각이다. 산이라는 것이 다니면 다닐수록 새로운 것처럼, 내가 쓰는 산시도 언제나 그 새로움을 기록하기 위해 천착한다. 산에 오래 다니면 다닐수록 더 모르는 것이 많아지는 경지가 또한 산이다. 시를 오래 쓸수록 시가 과연 무엇인지 잘 알지 못하는 세계와 비슷하다. 산에 들어가 보고 느끼고 생각하는 천변만화의 길, 산길에서 문득 보이는 세속의 일들, 산속에서의 적요함에서 깨닫게 되는 삶의 깊이…… 이런 것들은 산에 들어가면 들어갈수록, 내가 더 늙어갈수록 끝이 없어 보인다. 그래서 나는 산행을 "독서여유산(讀書如遊山 : 독서는 산을 즐기는 것과 같다)"이라고 말한 퇴계 이황의 글에 동의한다. 미지의 책장을 한 장 한 장 넘기면서 얻는 즐거움과 신선한 재미의 세계가 산행에서도 그대로 나타나기 때문이다. 같은 산을 수없이 오르내리면서도, 갈 때마다 보이는 것, 느끼는 것, 생각하는 것이 다르고 새롭다. 계절에 따라 하루에도 시시각각에 따라 산은 사람에게 새로움과 감동을 안겨준다는 생각이다. 그래서 산과 시와 삶은 나에게 하나의 동의어가 된다. 마치 불교의 〈심우도〉에서 소를 찾아 거친 숲을 헤쳐가는 목동처럼, 나는 산과 시와 삶의 진정한 핵심이 무엇인지를 찾아 끝없이 헤매고 있는지도 모른다. 나는 아직도 그 소를 찾지 못하고 있을 따름이다. 내가 살아 있는 동안 산시를 계속 써야 하는 까닭이 여기에 있다.

이 시집의 1, 2, 4부는 모두 산행을 통해 얻은 시편들이다. 3부는 언뜻 산과 관련이 없는 것처럼 보이지만, 대부분 산길을 걸어가면서 생각하는 세상의 일과 사물들에 관한 것들이다. 산행은 그러므로 내가 세속을 보는 투명한 창이기도 하다. 5부는 그때그때 청탁을 받고 쓴 기념시 따위들을 한데 모았다. 시집의 전체를 다시 읽어보니 모두 그렇고 그런 작품들이라는 생각을 지울 수가 없다. 보다 큰 깨달음을 위해서, 더욱 부지런히 공부해야겠다는 다짐을 해본다. 시집 출간에 애써주신 김영재 시인과 책만드는집 편집진에게 고마움을 표한다.

2010년 2월
이성부